الشاحنة

الحمراء

رئيس مجلس
الإدارة
مها المقداد

بطاقة الكتاب:

اسم الكتاب: الشاحنة الحمراء

اسم الكاتب: لانا خالد

نوع الكتاب: رواية قصيرة

عدد الصفحـات: 50 صفحة

المقاس: 20 x14

رقم إيداع: 2024/5075

الترقيم الدولي: 978-5-0631-3645-3

الطبعة: الأولى، 2024م

للتواصل والطلب من داخل أو خارج مصر:
00201129195867-00201033966291

الغلاف والتنسيق الداخلي والمراجعة

فريق دار المصرية السودانية الإماراتية للنشر والتوزيع

فريق عمل

دار المصرية السودانية الإماراتية للنشر والتوزيع

فريق عمل

سحر الروايات - ShrElRawayat

تصميم الغلاف: أميرة صقر

التنسيق الداخلي: مريم محمد سيد

دار المصرية السودانية الإماراتية للنشر والتوزيع-مها المقداد

+201289024055

Mahaelmukdad@gmail.com

الشاحنة الحمراء

لانا خالد

الفصل الأول

"المهملة"

(الثالث من أكتوبر، الخميس)

(يقال إن الألم يقل بمرور الوقت والان مرت سنة ولكن الألم ازداد أكثر والنيران تلتهم قلبها.. قلب الأم!)

لن تكفي الكلمات في وصف شعورها بالذنب والاهمال رغم أنها لم تفعل أي شيء ولكن ربما من اعتيادها على سماع ذاك الحديث اعتادت حتى توقفت عن الشعور بأي ألم وحزن وسعادة وراحة أصبحت خالية من المشاعر كجسد بدون روح

غامت عيناها بنظرة مقهورة وقبضتها تعتصر الزي الازرق الطفولي والحسرة تتسلل لقلبها تفتح ابواب الذكريات وتعود بها لتلك الذكرة التي لم تنمحي من ذاكرتها ولو مر ألف سنة.

"منذ عام"

تنهدت براحة تمسح جبينها بظهر يدها، وأخيراً لقد انتهت من تحضير الطعام وغسلت الصحون والان وقت أن تأخذ قسط من الراحة قبل أن يعود زوجها من العمل

دلفت لغرفتها تمدد جسدها فوق الفراش وجهت نظرها تجاه ولدها الذي يلعب بشاحنته الحمراء يصدر اصوات مضحكة لتبتسم بسعادة وهيا تغلق اهدابها بأنهاك تترك جسدها ليستريح قليلاً

فقط خمس دقائق، خمس دقائق سرقتهم في غفوه قبل ان تفتح عيناها التي جحظت وهيا تري جسد ابنها ذو الثلاث سنوات يقف فوق المقعد وهو يكاد ينزلق من الشرفة فقط خطوة من الموت لتهب واقفه تقترب منه وهيا تصيح بنبرة مهزوزة:

- ادم

ربما لم يكن ذلك الموقف في صالحها لأن جسد الصغير انتفض مع صياحها وهو ينزلق من النافذة لتصرخ مع صراخ ولدها في نفس ذات الوقت:

- ماما.... ابني

لوهلة توقف عقلها عن التفكير وكأنها لم تستوعب، ما هذا الجنون ربما مجرد حلم لا لا هذا كابوس.. أسرعت نحو النافذة لتنظر الي جسد ابنها الملقي أرضاً غارقاً في دماءه لتصرخ بحسرة تضغط بكفوف يدها على رأسها:

- أدم

(أنتِ ست مهملة، أنا مش عايز واحده زيك تكون على ذمتي)

هيا لم تنسى تلك النظرة المحتقرة المهينة في عين زوجها معها تلك الجملة التي قضت علي الباقي من حياتها التي خسرتها، خسارة تلد خسارة وألم يلد ألم

(في أم بتسيب ابنها يقع من الشباك ايه الإهمال ده)

لسان الناس.. لسان الناس الذي لا يرحم لا احد يعلم ويري الصراعات التي تدور بداخلها وكم الألم الذي عانته وتعيشه يومياً بألم فقدان ابنها هيا بالنهاية أم!

***

تقف أمام محل هدايا الأطفال بأبتسامة باهتة تضع كف يدها على الزجاج المبلل بفعل الشتاء التمعت عيناها بنظرة متأثرة وهيا تري شاحنة حمراء صغيرة كمثل الخاصة بأبنها أزالت الدمعة الخائنة من عيناها وهيا تدلف للمحل تنتقي افضل وأغلى الألعاب

انتهت من التسوق لتقف أمام محاسب الذبائن تضع اغراضها أمامه، ارتسمت ابتسامة مشرقة على ثغرها وهيا ترى الاطفال تلهو وتلعب من حولها سرعان ما تلاشت وهيا تستمع لحوار إحدى السيدات تتسائل بخبث:

- مش دي "هويدا" ؟

حركت الأخرى رأسها إيجابياً تتشدق بمكر تضع يدها أسفل ذقنها:

- هو مش ابنها مات بتجيب ألعاب لمين ؟
- بيقولوا انها بتروح تزور دار الأيتام كل خميس

اكتفت عند هذا من حديثهم اللاذع ربما كان يجب أن تترك هذا الحي منذ وقتاً طويل ولكن ذكرياتها مع ابنها تمنعها من الذهاب الى اي مكان

أخرجت الأموال من المحفظة تلقيها بأهمال تلتقط حقائب التسوق ثم ألقت نظرة محتقرة على السيدات اللاتي تحدثوا عنها رغم أنهم جيران منذ وقت طويل

ورغم ذلك لم تصمت واكملت حديثها بغيظ:

- وليها عين كمان تبصلنا بقرف

لم تجيب ولم تهتم فهيا اي شيء ستفعله تعلم أنهم سيتحدثون عنها مرت سنة ومازالت تلاحقها التعليقات المسيئة

***

قادتها قدماها لدار الايتام القريب من المدينة لتنظر إليه من بعيد وهيا تشعر براحة شديده هذا المكان المفضل والمقرب لقلبها، مكان نقي ونظيف لأرواح بريئة تدلف السرور لقلبك، دلفت للمكان بأبتسامة واسعة رقيقة سرعان ما تلاشت وهيا ترى تلك الفتاة الموظفة السمجة التي تدعى " مها" كم هيا خبيثة هيا ترى تلك النظرات العدوانية بعيناها الضيقه لا تعلم حتى كيف تعمل بدار ايتام يجب اختيار موظفين ذو خلق وصبر

اقتربت منها متسائلا ببرود مرتسم على ثغرها ابتسامة غير ودودة:

- الأطفال بيلعبوا في الجنينة صح ؟

حركت رأسها إيجابياً قائلا بسخرية:

- يعني بقيتِ عارفة المواعيد اكتر مننا اهو

رفعت حاجبها الأيسر تحرك كتفيها بغيظ متحدثة بدلع:

- دي مشكلتكم مش مشكلتي

التفت توليها ظهرها بأهمال ليس لديها أي طاقة للنقاش اتجهت نحو حديقة الأطفال لتعود هيا من جديد لروحها القديمة التي تحاول ترميمها من جديد وسط تلك الأرواح البريئة التي لم تخطئ حتي الآن.

هرولت الاطفال نحوها صارخين في صوت واحد:

- خالتو هويدا

التمعت عيناها بسعادة تعانقهم جميعاً متحدثة بحب :

- وحشتوني اوي اخباركم ايه ؟

تسائلت إحدى الفتيات ذو النظارات بمكر لذيذ:

- جبتلينا ايه انهارده ؟

وقبل أن تجيب قاطعها طفل صغير قائلاً بدهاء:

- عيب يا " سلمي" كفاية أنها تيجي بس

هناك محبة قوية بينها وبين الاطفال هنا وكأنهم روح واحده لتهمس "هويدا" بمشاكسة:

- جبتلكم ألعاب كتير اوي
- وعرايس باربي ؟

هذا ما هتفت به الفتيات بالطبع لتتعالى ضحكاتها للمره الاولى منذ سنة قائلا من وسط ضحكاتها:

- أحلى عرايس باربي لأحلي بنات

لثانية أحست بشعور غريب تعالت دقات قلبها وهيا تلتف تنظر خلفها لتجد طفل ربما مازال في العاشرة من عمره يجلس على الأرجوحة بنظرة شاردة حزينة يأرجح قدماه يميناً ويساراً

نظرت إليه بأستغراب ثم أشارت بأصبعها نحوه تتسائل:

- هو مين الولد ده
- معرفش هو لسه جاي جديد

هكذا أجاب الاولاد لتهب واقفه تتحرك نحوه ترسم علي ثغرها ابتسامة لطيفة

اقتربت منه تهمس برقة:

- ازيك عامل ايه ؟

توقف عن التأرجح وعيناه تحدق بها بخوف لتهمس وهيا تمسح على خصلاته البنية:

- أنا هويدا وانتَ ؟

أخرجت السيارة الحمراء من إحدى الاكياس تمد يدها إليه قائلا بحنية:

- اعتبرها عربون محبة ايه رأيك

نظر إلي الشاحنة التي بيدها يحاول عدم التبسم ولكن رغم ذلك التمعت عيناه بفرحة ويداه الصغيره تلتقط الشاحنة يعانقها بهدوء

كانت ستسأله عن اسمه قبل ان تلاحظ احمرار وجنته اليسره لتجلس على ركبتيها أمامه انعقدت حاجبيها بضيق متسائلا بقلق:

- حبيبي ايه الي في وشك ده ؟

ارتبكت ملامحه وهو يلقي نظرة علي الفتاة الموظفة"مها" لتنظر إليها " هويدا" بغيظ ثم ازداد انعقاد حاجبيها أكثر مع ذلك الغضب الصارخ بداخل عيناها لتصيح بنبرة حادة:

- هيا الي عملت كدا ؟

نظر لها الصغير قبل أن تدمع عيناه وهو يعود لتحديق للأرض بحزن لتهب واقفه تتجه نحو تلك الفتاة السمجة التي تسائلت بأبتسامة صفراء مستفزة:

- في حاجه يا مدام ؟

رفعت "هويدا" قبضتها وبعزم قوتها هبطت علي وجنتها اليسره ثم رفعت اصبعها أمام عيناها المذهولة قائلا بتهديد:

- إياكي ثم إياكي تمدي ايدك على اي طفل هنا أنتِ فهمه؟

***

وضعت القدم فوق الأخرى تنظر إليها بكبر وتشفي تستمع الي حديث السيدة سميرة (المديرة) وعلى ثغرها ابتسامة منتصرة:

- أنا بنفسي هتأكد أنها متعملش كدا تاني وهخصملها اسبوعين

حركت رأسها برضا نوعاً ما تهب واقفه متشدقة ببرود جليدي:

- مع اني كنت عاوزها تترفد بس ماشي مش مشكلة

اتجهت نحو الخارج ولكنها توقفت بجانب مها تهبط لأذنها قائلا بقوه:

- المره الجاية لما هتضربي اي طفل هحرص على انك تترفدي من هنا

احمر وجه الأخرى من كظم الغيظ قبل أن تقول وهيا تدير وجهها عن مقابلة عيناها الحارقة:

- أنا مكنش قصدي بس هو الي عصبني

خرجت منها ضحكة ساخرة تفتح باب المكتب ترفع رأسها لفوق وبداخلها يزداد شعور الانتصار.

***

الفصل الثاني

" أوراق التبني "

(العاشر من أكتوبر، الخميس)

تنتظر يوم الخميس هذا بفارغ الصبر كي تذهب لمكانها المفضل" ملجأ الأيتام " الأطفال الصغيرة التي فقدت عائلتها

ارتسمت ابتسامة خبيثة وهيا تتذكر المشاجرة التي حدثت بينها وبين التي تدعي "مها" كم كانت تشعر بالتشفي حين ردت لها الصفعة إنسانة مريضة هذا مجرد طفل صغير مازال في العاشرة من عمره احتدت نظراتها حين تذكرت ما قالته تلك الحرباية (يعني مش كفاية أنها قتلت ابنها لا وكمان جاية تضربنا)

لمست تلك الكلمة وتر حساس بقلبها كيف لأم أن تقتل ابنها تحاول إقناع نفسها بأنها لم تقتله مع انها تشعر أنهم محقين وان هذا الحديث صحيح

للمره الأولي ترتدي ملابس زرقاء سنة مرت وهيا لم تري الالوان لم تري سوا الاسود كحايتها، استقلت الحافلة تلك المره فهيا لا خلق لها برؤية أحد في سيرها للطريق

ولكن تلك المره تحديداً رأت اخر شخص تود رؤيته ابتلعت ريقها ترمش عده مرات بصدمة خفق قلبها بقوه عادت لنقطة الصفر من جديد وكلماته تتردد في أذنها كالصاعقة (مش قادر افهم ازاي كنت متجوز واحده مهملة زيك)

هو طليقها ووالد ابنها انزاح هو للداخل قليلاً يربط بيده على الكرسي الفارغ بجانبه وهيا ترى تلك النظرة المحتقرة بعيناه تعيدها لذكريات الماضي لتجلس بجانبه واناملها ترتعش برهبة

- غيرتي الاسود

قال تلك الجملة بنبرة ساخره تفوح منها رائحة البغض الشديد

نظرت إليه بأضطراب تهمس بتعلثم:

- أنا لبسته انهارده بس

نظر إليها بأستهانة متحدث بأستنكار:

- انهارده بس !

ثم استردت حديثه يصيح بغضب:

- وانا ايه الي يخليني اصدقك.. اصدق واحده قتلت ابني

التمعت عيناها التي وشكت على ذرف الدموع قائلا بكلام غير مرتب:

- أنا مقتلتوش هو وقع من الشباك وانا كنت نايمة

قطع حديثها يهتف بنبرة منهكة ومتألمة:

- بس بس انا مش عايز اسمع صوتك متفكرنيش بأي حاجه

ثم هب واقفاً تاركاً لها الحافلة كلها وهو مازال يلقيها بالنظرات المتهمة المحتقرة لتتنهد هيا بتعب ترجع رأسها للوراء تلك المحادثة استنفذت كل الطاقة التي بداخلها كانت تشعر أنها ستبدأ بداية جديدة لتأتي تلك المقابلة وتهدم كل أمل بداخلها

***

تم اكتمال الشحن

هذا ما شعرت به حين جلست بين الأطفال تسرد لهم احدى القصص اللطيفة "الأميرة النائمة" توقفت عن السرد وهيا تري نفس الطفل الذي رأته الخميس الماضي يجلس في مكانه المفضل على الأرجوحة شارد الذهن كالعادة يلقي للأرض نظرة حزينة مهمومة

هبت واقفه تتجه نحو تجلس على ركبتيها أمامه ثم تسائلت بلهفة:

- حبيبي اخبارك ايه انهارده

حرك رأسه إيجابياً ببطء ينظر إليها بأضطراب لتهتف هيا بفضول:

- انتَ اسمك ايه ؟

نظر إليها برهبة متحدث بخجل:

- أدم

ابتسمت بسعادة تداعب خصلات شعره تقبله على وجنته بحب وبداخلها تراه ابنها الصغير حتى أنه نفس الإسم

نظرت إليه بحسره ثم قالت بقهر:

- انت عارف ان ابني بردو اسمه ادم

اخذ جوله بعيناه حولهم ثم حدق بها متسائلاً بفضول طفولي:

- هو فين ؟

ربطت علي كتفه تهمس بنبرة متألمة تنظر إليه بشرود:

- عند ربنا

- وماما كمان

هذا ما قاله ادم وعيناه يغرس بها أشجار من الحزن يفرك كفيه بأرتباك

لا تمتلك اي رد سوا ان تضمه لصدرها تربط على خصلاته الناعمة وتعبثرها لتنظر إليه برفعة حاجب متسائلا بأستغراب:

- أمال فين بابا ؟

اسودت ملامحه يرفع كتفيه قائلاً ببساطة:

- بيقولوا مات مع ماما

ماذا ولا يوجد شخص ليربي هذا الطفل الجميل صاحب أجمل ابتسامة على الأطلاق

ابتسمت بأستهجان متحدثة بضيق:

- مين الي قالك الكلام ده

نظر إليها بأرتباك ثم أدار وجهه للناحية الأخرى بتجاهل وكأنها هواء لتهب واقفه وهيا متجهة نحو المكان الذي يجب التوجه نحوه

***

كعادتها ارتدت قناع البرود الزائف رغم النيران التي تضطرم بحناياها تضع القدم فوق أختها ترسم إبتسامة مهلكة على ثغرها تنظر حولها بترقب

ثم وجهت نظرها صوبها تماماً متسائلا بجدية:

- هيا ايه حكاية الولد الي اسمه ادم ؟

إزالت نظراتها وضعتها على الطاولة ثم اراحت ظهرها تهتف بشرود:

- كل إلى اعرفه أن باباه ومامته ماتوا في حادثة عربية

استردت حديثها تهمس بيأس:

- وعمه جالي من اسبوعين تقريباً وقالي أن هو مش هيقدر يتكفل بيه

لانت نظراتها قليلاً متحدثة بقهرة:

- يا حبيبي الله يكون في عونه

ابتسمت الأخرى بأصفرار تهتف بحزن مصتنطع:

- اه صح الله يكون في عونه

تحولت نظرات "هويدا" الي الثقة تهب واقفه قائلا ببرود:

- طيب أنا عايزه أوراق تبني ادم

***

الفصل الثالث (الخاتمة)

" العودة للحياة "

(السابع عشر من أكتوبر)

بالتأكيد هو يوم الخميس يوم السعادة بنسبة لها كعادتها ذهبت لمحل الألعاب تشتري الكثير والكثير ثم اتجهت نحو الحديقة التي بداخل الميتم تتربع حول الأطفال تضحك كأنها مازالت طفلة صغيرة لم تتعدي العاشرة

نظرت حولها يميناً ويساراً اين "أدم" وقبل أن تتسائل أكثر رأته يقف أمامها يهمس بحذر:

- هويدا أنا عايز اقولك على حاجه

نظرت إليه بأستغراب ثم أردف هو بخوف:

- أنتِ الوحيده هنا الي صاحبتي

راودها القلق من حديثه المريب وخفق قلبها تهمس بأرتباك:

- قول يا حبيبي في ايه متخافش

نظر حوله بحذر ثم اقترب من أذنها متحدث ببراءة يشير بأنامله نحو فتاة ذو نظرات

- البنت الي هناك دي اسمها سلمي أنا بحبها جداً بس أبلة مها بتضربني وبتضربها جامد اوي

ثم نظر إلى الأرض بحزن يلعب في خصلات شعره قائلاً بأضطراب:

- ولما بنقول لأبلة سميرة (المديرة) بتقولنا كلام عيب وتطردنا

جحظت عيناها تلقي نظرة منصدمة على مكتب المديرة قائلا بذهول:

- ازاي مديرة دار ايتام أخلاقها وحشة اوي كدا

ربعت ذراعيها ترفع حاجبها متسائلا:

- وقالوا ايه تاني ؟

رفع كتفيه يهتف بهدوء:

- قالوا حاجه تانيه بس انا مفهمتش
- سمعت ابله سميرة وهيا بتقولهم خدوا فلوس التبرعات وقسموها على نفسكم

لا تكاد تصدق ما تسمع عوضاً عن معاملتهم السيئة وايضاً السرقة.. سرقة مال يتيم !

***

(الميتم هو مأوى للأطفال التي فقدت عائلتها أو الأطفال الذي يعانون من مشاكل أسرية أو سوء المعاملة.. ولكن كيف لتلك العصابة التي تنهب مال اليتيم التي يترأسها السيدة سميرة حسين كيف لتلك السيدة أن تدير الدار فهيا ليست جديرة بذلك اللقب، الأطفال تحتاج للأمان وليس للعنف.)

"هويدا عثمان"

اشتعلت السعادة في قلبها حين علمت أن شكوتها نجحت انتظرت أكثر من أسبوعين حتى تم أقالة تلك المنظومة الفاشلة وتعين إدارة جديدة

دلفت لحديقة الأطفال تجوب بعيناها المكان بلهفة حتي توقف نظرها على "ادم" ارتاح قلبها والتمعت عيناها بسعادة ترسم إبتسامة سعيدة ذهبت إليه ومن ثمة جذبته لصدرها تضمه بقوه تنهمر دموعها على وجنتيها كهطول المطر

قبلته من وجنته تمسح الدموع الملتصقة بحدقتيها تهتف بحب:

- عندي ليك مفاجأة

نظر لها بفضول يحرك رأسه يميناً ويساراً قائلاً:

- هيا فين ؟

اخذت دقيقه تفكر قبل أن تقول بلهفة:

- قولي الاول انتَ بتحبني قد ايه ؟

نظر لها بأستغراب ثم عانقها بقوه يهمس بلطف:

- قد الكون كله

- طيب قولي ماما عايزه أسمعها

قالتها تلك المره برجاء ليحقق هو أمنيتها تتعالى ضحكاته يقول بمرح:

- ماما

يا الله وكأنه ابنها أدمعت عيناها من جديد تعانقه بقوه تصيح بفرحة:

- يا قلب ماما

- انت عارف ان احنا هنمشي ونسيب المكان ده وهنعيش سوا ؟

اضطربت نظراته قليلاً قائلاً بتعلثم:

- طب وصحابي

نظرتها شملت جميع الاطفال ثم توقف نظرها إليه هو تهتف بتفكير:

- هنيجي وهنشوفهم كل خميس.. اتفقنا ؟

قفز الصغير بمرح يصدر أصوات مضحكه بريئة متحدث بسعادة:

- اتفقنا

عانقت كف يده تجول ببصرها المكان بأكمله وبداخلها تشعر بأنها حيه أخيراً تستطيع الحياة للمره الاولى من سنة كاملة تشعر بالسعادة تنهدت براحة وكأن حمل ثقيل انزاح من فوق قلبها.. هاهو فصل جديد من حياتها يبدأ

***

تمت بحمدالله

www.ingramcontent.com/pod-product-compliance
Lightning Source LLC
LaVergne TN
LVHW042237190726
843491LV00003BA/1103
* 9 7 8 5 0 6 3 1 3 6 4 5 3 *